今日町子

cocoon
繭 コクーン

黃鴻硯／譯

臉譜

目次

本故事是以實際存在的議題做為題材的虛構作品。

cocoon

欸，桑啊。

妳看過雪嗎？

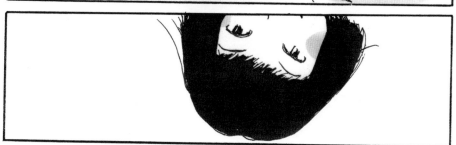

簡直像天國一樣嘛。

畢竟這座島一直——都很溫暖，

……不可能看過吧。

Ⅰ. 太陽之島

如果在寒冷的冬日呼氣，

呼出的氣就會像絲一樣拉長。

……簡直

像蠶在吐絲。

想像絲織出繭
的場面。

啊。

（咚）

......

唉呀——

我就說兩個人一起拿嘛!!

可是由里的背受傷了呀，我是在顧慮妳呀——!!

妳呀——!!

妳休息就好了嘛。

喂，別吵架了。

一起撿吧。

學姐。

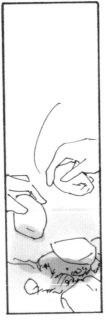

真由也來幫忙吧!!

剛剛真是謝謝妳。

我好開心喔。

找呢？

真由學姐！

好，今天到此為止了。

請回各自的宿舍。

之後可以去妳的房間嗎——？

呃。

嗯……

桑，妳可以先回去喔。

那約洗完澡之後……

太好了

呀

呀

真由是從東京轉學過來的。

她在如此戰況下，基於「種種原因」才回到島上。

我在東京長大，不過——

我是在這座島出身的。

據說她是島上名門的後代，長得高，臉蛋又標緻，

所以一下子就變成了校園裡的「王子」。

呀—!!

而我是真由最好的朋友——

教我這裡

這點讓我非常驕傲。

去年還能上體育課呢——

老師，
我有
問題。

什麼問題
呢？

謝謝您。

之前空襲的時候
摔破了是吧。

來。

老師
——！！

有花瓶嗎？

蠶……

煮蠶的時候，蠶在繭裡還活著對吧？

牠們會在什麼地方生下一批蠶卵呢？

又突然丟出問題給我呢……

我想說，難道會全部殺掉嗎？

……如果沒有活下來的蠶，那下一批蠶……

好好好

理科

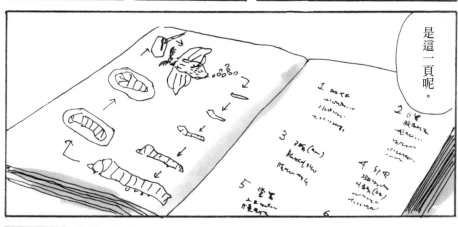

是這一頁呢。

1
2
3 3齡(cm)
4 引导
5 營繭
6

不過呢，我們會讓其中幾隻蠶活下來，讓牠們生出下一批蠶。

蛹化之後會在不傷到生絲的前提下，活煮蠶繭。

在這個階段變成繭。

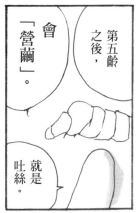

第五齡之後，會「營繭」。

就是吐絲。

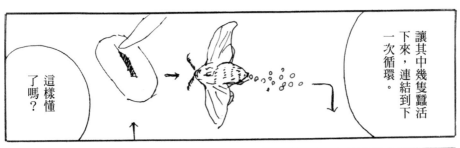

讓其中幾隻蠶活下來，連結到下一次循環。

這樣懂了嗎？

最近一直沒上課也沒社團活動呢……

老是在做工。

雖然想多幫妳們上課……

明明是島上第一女校，真是太可惜了呀……

不會的！因為現在這關頭應該為國家努力！

老師，非常感謝您。

打擾了！

啊，是剛剛的……

歡迎妳們。

我回來了。

桑，妳回來啦。

啊哈哈呀！

那——我要這個！

我要這張明信片。

由里背上的傷還好嗎？

——話說回來

真的可以收下嗎？

我對這種東西不感興趣，而且也是別人送我的……

這個山戶有很多可愛的明信片呢——

對吧。

對啊。

變得不怎麼痛了。

是！多虧學姐們的幫忙，

讓妳們看看背了。

看！

好很多了！

※沖繩方言，指自然壕。

（啪）

由里的背，就是在前幾天的空襲……受傷的。

宿舍點名!!
五班!
五班!
…!

……
少一個人!
由里不在!!

!!!

桑!!

快滅火!

我已經沒救了啦！

我會死⋯⋯

桑！

五班怎麼了！

趕快去加馬。

我說桑

啊！

⋯⋯

從防火水槽撈！！

真由，水！！

（嘩啦）

搬到加馬去。

x

如果我是蠶的話——

我會一直待在安全的繭當中。

我不會想到來到這樣的世界吧。

會在空想之繭內，慢慢死去吧。

不過。

沒有人
想要死去。

第1話　完

戰況變得吃緊，
我們於是要以看護隊的身分
開始協助軍隊了。
今天，為了取得家長的同意，
所有人都暫時返家一天。

2.

肥皂泡之手

好啦。

我去煮晚飯囉。

（颯）

ザッ

桑從以前就喜歡肥皂的味道嘛——

嗯。

我不是要用喔！我只是要聞香味。

我知道啦。

媽，肥皂在哪裡？

我記得有一個配給的吧。

（颯）

這個不要用喔，

要一直留著喔。

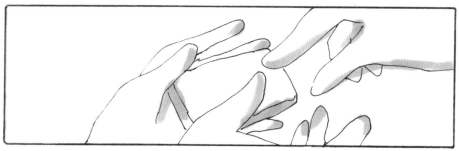

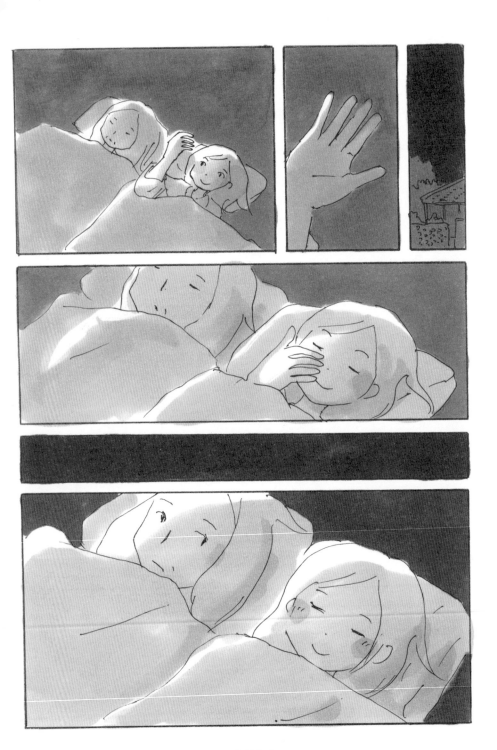

要是很難受，馬上回家也沒關係的。

啊哈哈 我才不會！

好，我出門囉！

啊。 慢走，小心點

直到勝利的那一天！

我會一直努力，

……惠津子，
妳看

妳朋友來了，
不走不行了啊。

……要
保重喔。

要為了國家
努力喔。

嗚

搗

欸，好像有個怪味耶？

然後啊

嘻

嘻

肉燃燒的味道，
玻璃融化的味道。

電池與金屬
混在一起的味道。

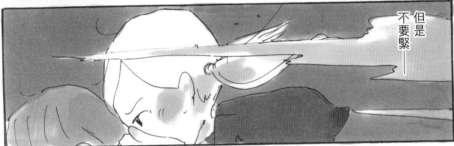

但是
不要緊——

我的手，

包覆在
肥皂的
香味當中。

第2話　完

看護隊工作的軍醫院，是利用加馬打造出來的。

女護士有兩個，有一個醫師會來巡迴看診。

負責擔任看護的女學生有十五名，而我們七個是來到這醫院的第一梯。

學生們來了呢。

我是這間醫院的護士，請多指教。

傍晚開始，我們就要收容附近戰壞轉過來的病患了⋯⋯

這裡是醫院？

只是一個加馬吧？

在那之前，請打掃院內並提水——

玉城同學！

啦　啦

我們來分配一下打掃工作吧——！

啊，可以借我一下蠟燭嗎？

這裡好暗，鏡子會看不清楚啊。

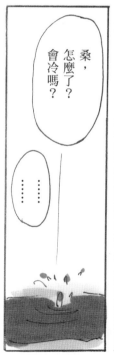

桑，怎麼了？會冷嗎？

……

那我和小惠去提水吧！

在這之前，我根本不認識家人以外的男人，

我很怕男人！

而且他們是受傷的士兵吧。

我不想照顧男人!!

我來施個咒語喔。

桑，……那，妳閉上眼睛。

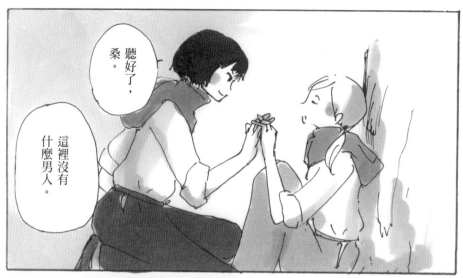

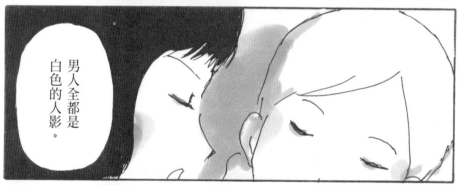

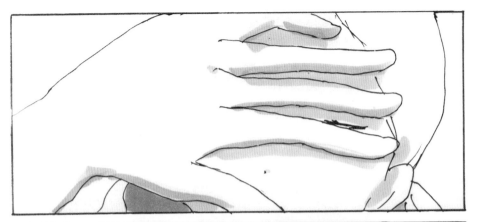

妳試著
想像——

像下雪天空般
的蠶繭，在保
護著我們。

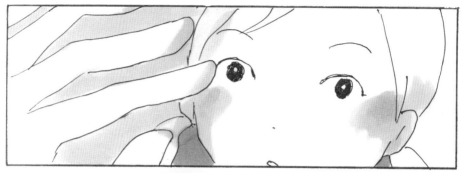

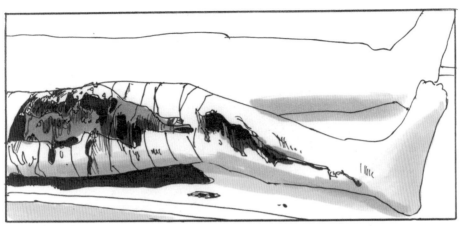

不用啦，桑，
她剛剛也沒
掃地呀……

玉城同學，
我和妳交換吧。

妳不行吧

妳，去幫忙。

去手術。

壞。

咦？

（咚）

滴
滴

拿去外面丟。

小心別被敵機發現了。

晃儿

終於有一種為國家工作的感覺了！

患者也來了……

桑，我們去提水吧——

好——！

第3話　完

黑暗與
筆尖　4.

為了躲避敵人耳目，我們會在遠離醫院壕的地方煮飯。

去拿飯菜的工作叫做「打飯」，主要由學生負責。

（咚咻咻）

桑，走囉！

這危險的工作只能利用敵機停止攻擊的數分鐘內進行，什麼時候會中彈沒人知道。

這是今天的飯菜。

……分量變得相當少呢

身體還好嗎？

這個妳能吃嗎？

嗯。

小雛！

對不起，我這樣造成大家的麻煩……

明明該為國家工作才對。

別在意啦！

身體虛弱的小雛營養失調，於是放下了看護工作。她愈來愈常在加馬深處和重症患者待在一起。

欸，也畫給我嘛。

桑，他們要妳進手術室。

好喔

哇!!

如果有這麼大，就能吃很飽呢!!

......等一下喔

我要超級可愛的衣服喔!!

幫我畫約會服!!

戰爭打贏後會去約會吧。

這裡是重症患者的房間啊。

學生們，安靜點!

是——好的好。

呀!小雛，妳來當我的專屬設計師嘛!!

好可愛～

......這種感覺?

玉城同學

隨著夏天接近，搬運到醫院來的患者也增加了。

沙沙沙

啦
啦

玉城同學，麻煩妳在入口受理患者。

好——

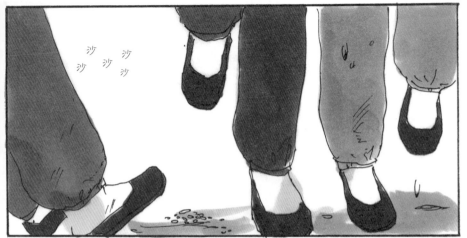

沙沙沙沙

因為她不會看見
這樣的現實世界。

失明的小雛
真是幸福。

沙沙沙沙

第4話　完

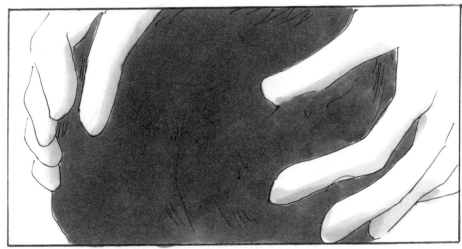

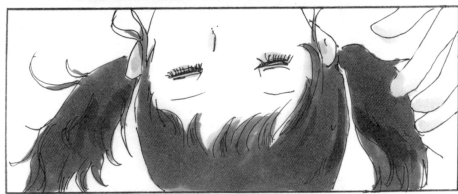

5.
屍體
堆放
處

桑。

（唭唭唭唭）

我想說至少獻花給她，可是⋯⋯趕快回去比較好。

扭
唔

嗱

收容患者增加。戰壕處於
爆滿狀態。想好好進行看
護工作也無法如意。這樣
的日子不斷持續著。

媽。

媽——

學生，
提水來。

我也要。

喂，
快一點啊。

我血流
不止啊。

桑，
我去。

好！

媽。
媽媽，
不要！

媽
總算見到
妳了。
不對……
媽。

媽!!
等一下……
!!
抓
媽。

這裡有一半
的人是腦病
患者呢……
得使出全力壓
住他們才行。

桑，
沒事吧。
……
嗯。

啊！小雛，
對不起。
……

嘩啦

打起精神來，大家一起努力，直到勝利的那天吧。

聽我說，由里。

嗚 嗚

換我來吧？

這樣還能打贏戰爭嗎？

學姐。

我這麼沒用。

好嗎？

那天就快來了。

（咚沙）

臭到我的鼻子都快爛掉了。

這陣子卻不能搬到外面去丟。

每天都會死十個人，

……

比起醫院，這裡更接近屍體收容所呢。

桑！

呼呼

軟

我，……

我已經什麼都不想看了。

屍體、蛆、血、繃帶，我都不想看了。

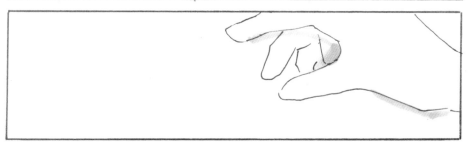

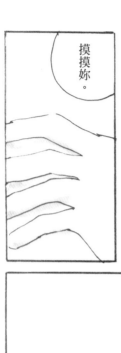

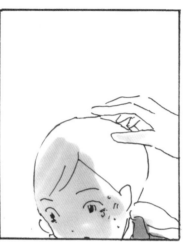

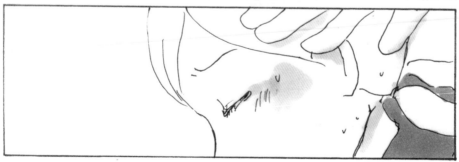

在我作夢的
期間——

小雛，
死在戰壕的
深處了。

第5話　完

6. 解散命令

（轟隆）

（轟）

小雛筆記

桑

真由

（喀啦喀啦）

我看著
小雛留下的
筆記本。

看著看著就
睡著了。

（80）

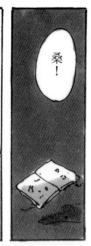

桑！

換班囉。

睡得著嗎?

……嗯。

加馬裡頭擠滿傷患，要睡覺也只能站著睡了。

已經沒有藥了……

而且空襲很密集，兩天不能去打飯。

待在加馬裡頭，還是感受得到外頭的戰況有多激烈。

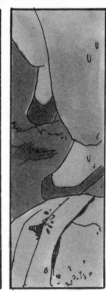

(81)

……我，

桑！！

我，

桑。

為了國家，

我要努力才行，

為了國家！！

我要振作才行。

桑！！

奉萬世一系的天皇陛下之名——

我們女學生——

一切都逼近極限了。

……

投入所有能力……

所有人都到齊了吧。

剛剛炸彈掉在正上方吧……

加馬裡頭是很安全啦……

各位，聽好了。

……又是空襲

這是軍隊直接發給我們的命令。

……請不要動搖，聽命行事。

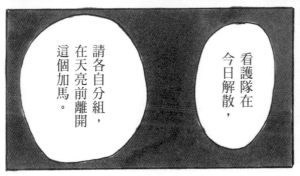

看護隊在今日解散，

請各自分組，在天亮前離開這個加馬。

（轟轟）

（嗡）

……咦？

（轟）

（轟隆）

請一鼓作氣衝向南方海角。

穿過前線就安全了。

如果有誰在途中受傷，請拋下她！能多活一個是一個！

（轟轟隆）

接下來，請依照自己的判斷行動。

根據軍隊預測，戰況還會更加惡化。他們要占領加馬做為基地，才命令我們撤出。

（轟隆）

怎麼會這樣……

在這種時候到外頭去會沒命的啊！

會變得像那些士兵一樣!!

對吧！

為什麼突然下這種命令……

不要!!

我不想死！

（隆隆）

（嗡隆）

那天晚上，我們不斷唱歌，唱到出發那一刻。

我們的學校

白合盛開的山丘

我們的歌聲。

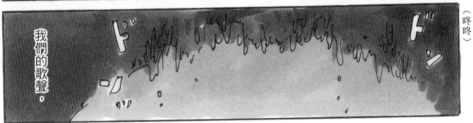

彷彿照亮了
洞穴頂端，
塗白了它。

在白色蠶繭
的守護下
──

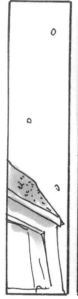

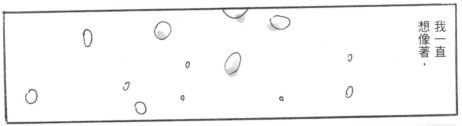

我一直想像著，

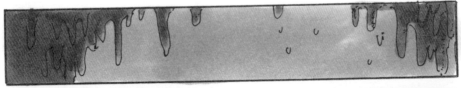

從未見過的白雪。

（噠噠噠噠噠）

（咻）

（咻咻咻）

ヒュ

ヒュ

ヒュン

（ 93 ）

7.
甜牛奶

我們在這個加馬躲一下吧。

待到小惠能走為止……

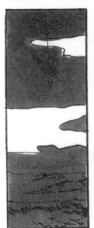

進去看一下吧。

桑,我們走。

我們好像漢賽爾和葛麗特喔！

穿過黑暗的森林後，一座糖果屋出現了。

這是砂糖的味道……

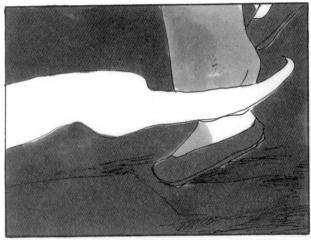

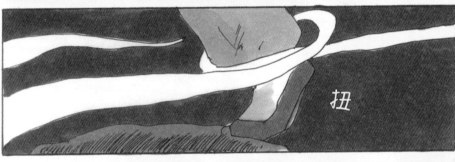扭

滑沙

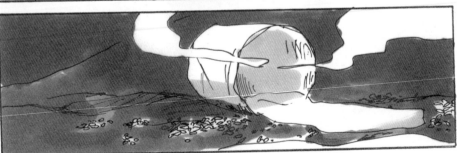

!!

（匡嘟）

カコーン

走囉。

喀啦喀啦喀啦

醫院的解散命令發布後不久，
軍中無法靠自力外出的
重症病患被餵食了
外表像是甜牛奶的毒藥，
就這麼被殺死了。

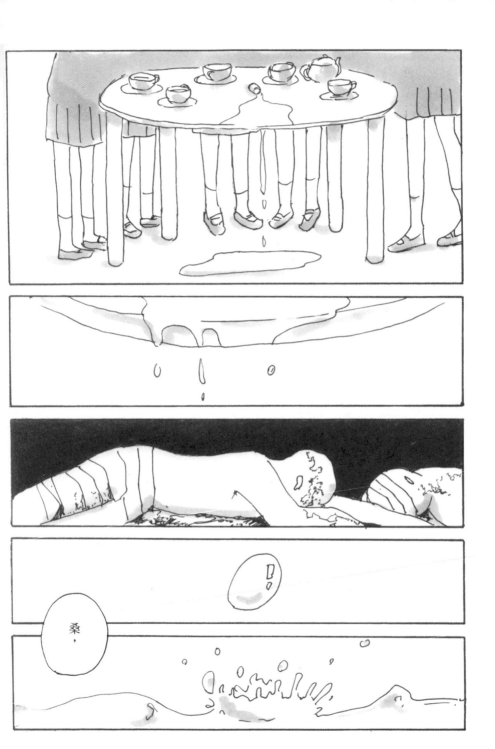

聽好了，我們在裡頭看到的事，全都要保密喔。

第7話　完

（劈啪劈啪）

8.

火

海

（轟——）

ゴォォォ

オ

オォ

（108）

噁

是火焰
噴射器!!

啪沙

快點揹小惠。

真由!!

喳
喳
喳

喳

喳

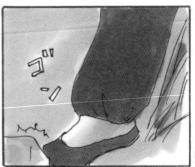

小惠？

對不起。

……對不起。

我已經沒有用處了吧。

我的腳這樣，根本無法為國家戰鬥了。

……妳們先走。

……妳們先走。

學姐!?

沙 沙

小惠，妳在說什麼啊。

再一下子就到了，要加油啊！

大家再一起回學校——

對呀！秋天還有收穫祭啊！

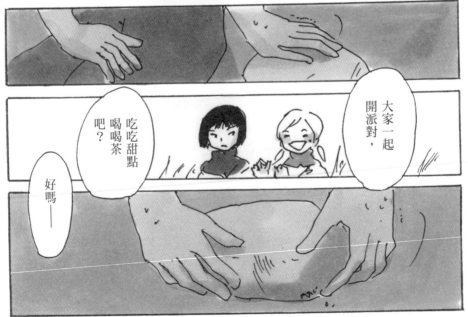

大家一起開派對，

吃吃甜點喝喝茶吧？

好嗎——

（咚）

……嗚。

我明明流了很多眼淚——

嗚嘔

嗚

嘔

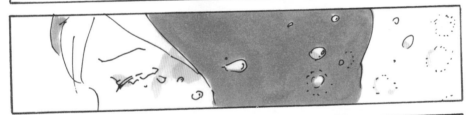

它們卻全都消失了。

（砰砰砰）

9.
掃沙

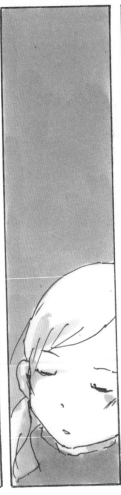

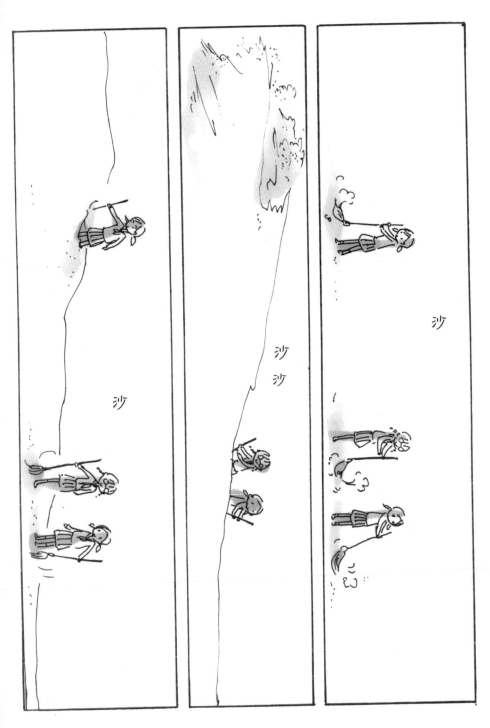

窣

我就直接去約會囉！

男朋友來接我了，

掃完了，回去吧——

玉城同學——

走囉！

使 力，

第9話　完

10.

在星空下

唔。

……

……臭掉了

有血的味道。

……我去對面喝喔

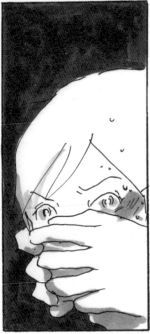

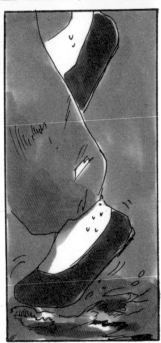

好冷、
好冷，
好冷。

（咚）

不是……

……女的……

你……

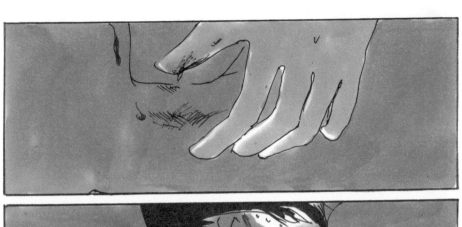

有血的味道。

桑，鞋子和衣服……

身體呢？都沒被怎樣嗎？

……沒事的。

大家明明合力在為國家作戰啊!!

明明說要努力到勝利那一天啊!!

為什麼——

他是我方的士兵!!

他們全都是，白色的人影。

對啊，桑。男人都不存在。

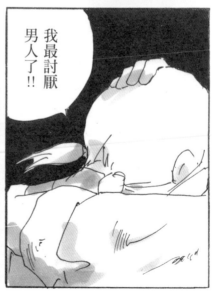

我最討厭男人了!!

第10話　完

II.

黑鳥

喀 喀　　　　喀 喀

（沙）

（沙沙沙）

（沙啦）

ザン

ザ

ザ

サ

サ

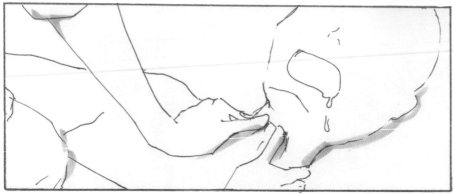

……學姐，

妳醒著嗎？

（沙沙沙）

……我和由里，我們兩個人吃掉了，對不起。

（沙沙沙）

烏吉※……

非常好吃。

是我吃過最好吃的食物。

※甘蔗

（150）

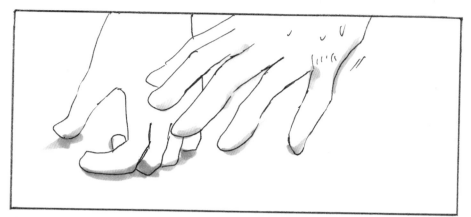

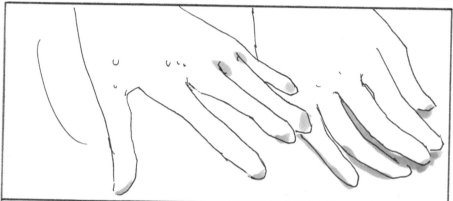

第11話　完

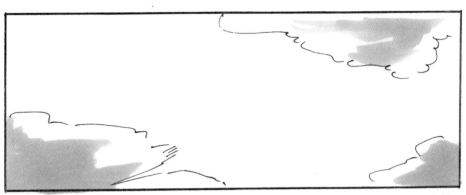

飛機。

不要緊。

不可怕。

12.

茶花凋零

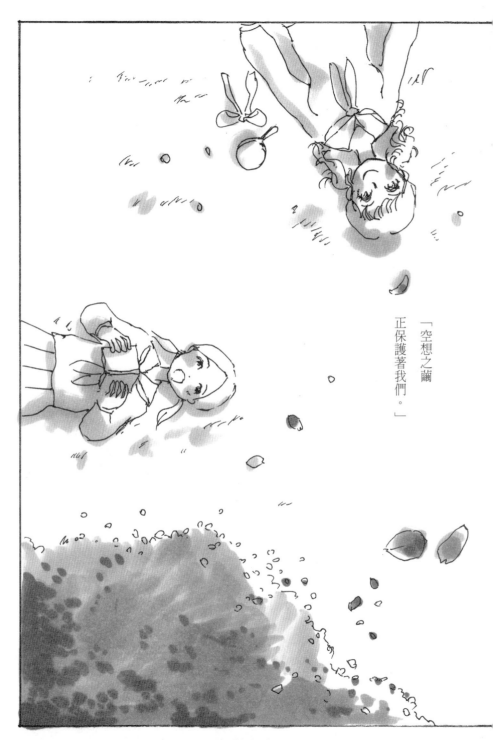

「空想之繭
正保護著我們。」

（嗒

……
算了吧。

算了
…

呼 呼

!!

那是茶花班的⋯⋯!!

真由和桑都還活著呢⋯⋯

⋯⋯聽說，敵人也要在這一帶登陸了。

所以我們決定了。

為了國家的勝利——

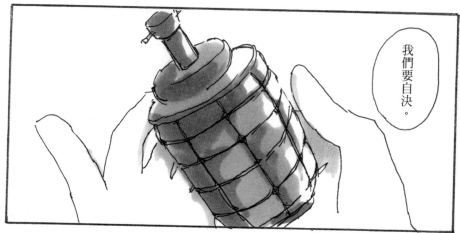

我們要自決。

那些傢伙是野獸啊！

我們不能讓尊嚴受到傷害呀。

（164）

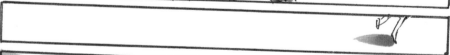

第12話　完

13. 煙火的痕跡

它們原本就是一體的。

妳絕對不要鬆開這隻手。

聽好了，這是咒語。

桑！

滑

窓窣

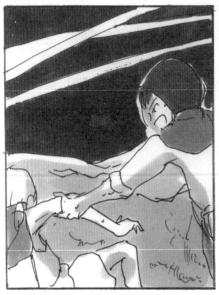

桑!!

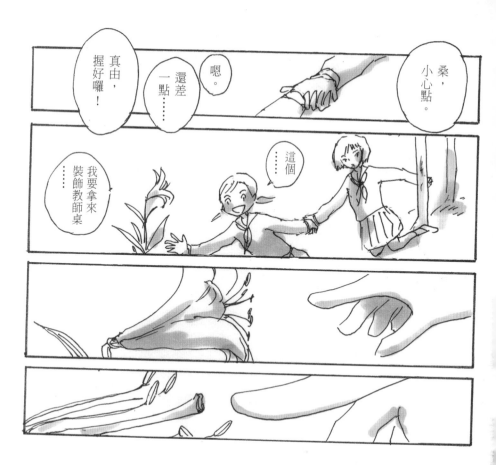

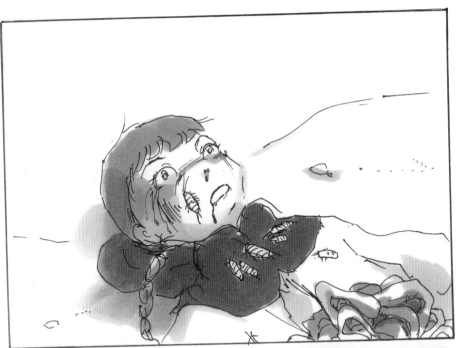

簡直像

這裡也
有自決
啊
……

煙火的痕跡。

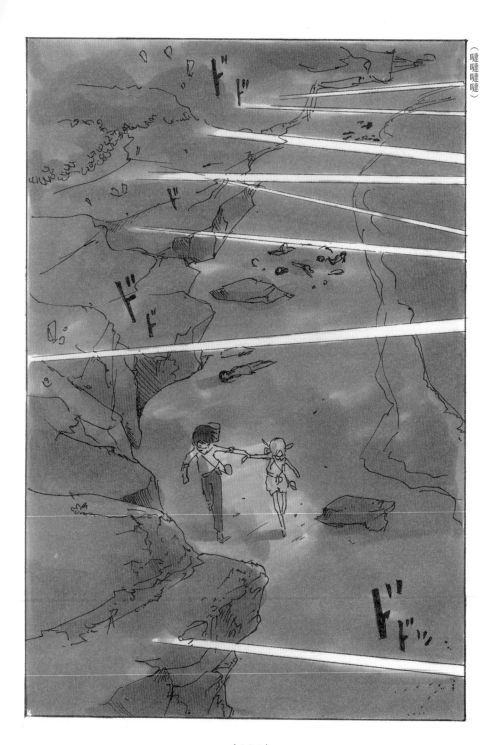

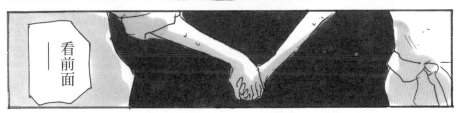

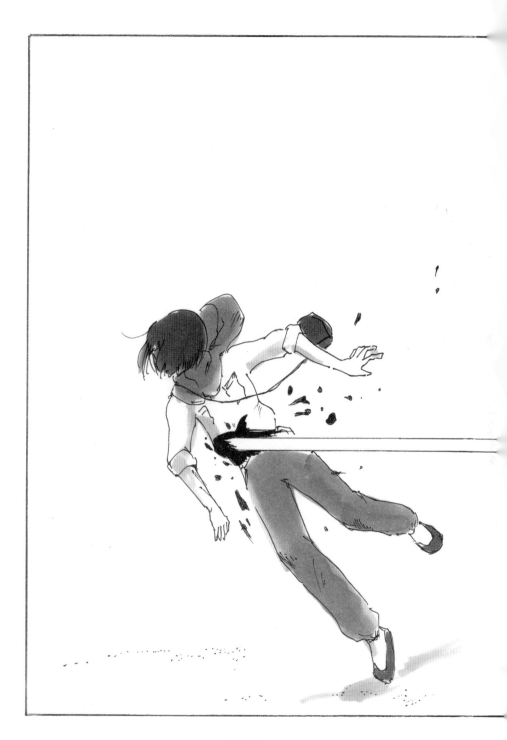

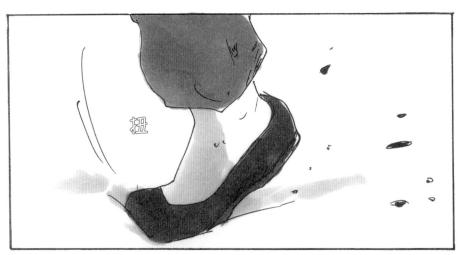

咚

真由!!

第13話　完

（180）

出來吧。

出來吧，
出來吧。

14.

漲潮

出來吧。

……

出來
吧。

出來吧。

躲起來也
沒用。

桑。

我殺了人。

希望妳不要討厭我。

我忍不住。

桑竟然被那種傢伙——

桑，我喜歡妳。

衣服也幫妳脫掉。

我讓妳喘口氣喔。

我也是。

我想一直和妳在一起。

當然啊，真由。

「沒有人能夠破壞這個繭。」

第14話　完

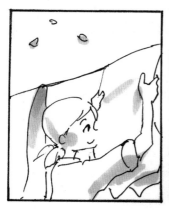

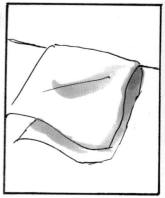

15.

新
世
界

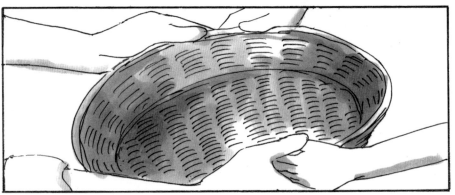

真棒耶，年輕人好像好開心呢。

一個月前還沒辦法想像這種生活呀。

待在收容所還自由多了……

以前覺得是敵方的人還比自己人好心，真是搞不懂呢。

哎，不過我們還是俘虜啊。

311號！

妳是311號吧，跟我們走。

！

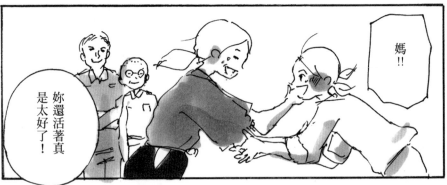

媽!!

妳還活著真是太好了！

媽身上，

有肥皂的味道。

要保重喔！

我一定會去拜訪妳的！

桑！

大家......大家都沒事，真是太好了！

嗯！

貓也在戰爭結束後晃進家門......

妳爸和妳哥寫信說他們馬上就會回來了。

南方遭受到相當激烈的攻擊呢。

到處是瓦礫......

學校的朋友......很遺憾呢......

嗯......

不過，那畢竟是戰爭......

繭（真由）毀壞，
而我羽化了。

儘管有翅膀，
我還是無法飛翔。

所以

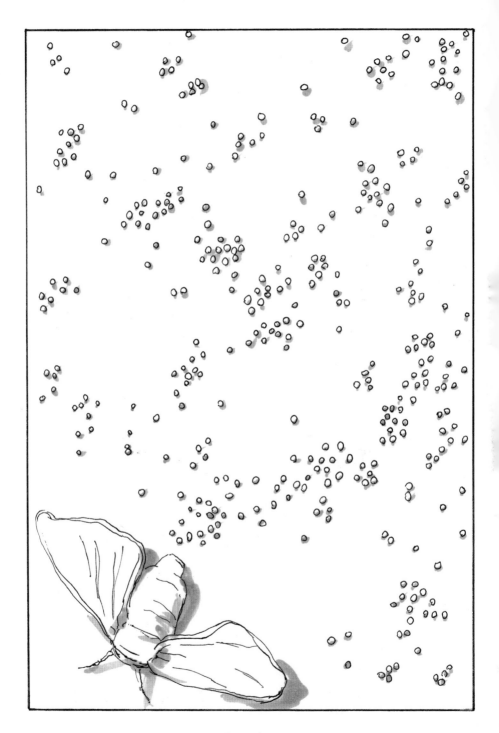

我決定活下去。

完

首次發表處

Elegance Eve

２００９年５月號～２０１０年７月號

我小時候很害怕戰爭。

我想畫的是這樣的故事：現代少女讀從前的戰爭相關書籍，作戰爭的夢。

本作靈感來源是沖繩的姬百合學徒隊。聽了那段故事後，我想像年紀跟我差不多的人若開始經歷那樣的日常，會是什麼感覺。假如真有什麼辦法可以對付殘酷的現實或過於巨大的敵人，那也許就是我們自己所擁有的甜美的想像力了吧。

砂糖能鏽蝕鋼鐵嗎？

蠶吐出想像的絲線，紡線，結繭，保護自己，最後又破繭，獲得無法飛翔的翅膀——我以此為母題，畫了桑和真由兩個人。另外，真由的原型來自我讀到的報上故事：有家庭為了讓少年免除兵役，於是把他當成女孩子扶養。桑這角色非常少女地發揮了無自覺的自我中心，存活到故事最後，但這是因為——在夢中，自己以及凝視自己的觀點都是絕對不死

的（就算作再怎麼可怕的惡夢也一樣）。將士兵畫成白色人影的原由是少女時代的回憶，當時我有潔癖，牛角尖鑽著鑽著，開始假裝男性不存在於世界上。這場戰爭的時代和地點都很曖昧，是一個在夢中重播的故事。

我畫這部作品時受到多方協助，首先就是沖繩相關單位的人員。我由衷感謝你們。

每個人對戰爭都有自己的想法。我明明有很多想畫的事情，自己的表現力卻這麼不成熟，嘗了好幾次不甘心的感覺。如果我有一天真的可以透過「描繪」觸碰到某種根源性的事物，那麼，我會希望活到那一刻。

今日町子

【外傳】
生日蛋糕

桑。

小雛的生日是
今天對吧？

嗯。

欸。

休息
吧。

謝謝妳，
真由。

回到宿舍後來慶祝生日吧！！

真的嗎!?

準備這———麼———

紅豆飯，還有———

還有———

汽水……

呵呵，你在說笑吧。

大的蛋糕，

現在只有番薯呀！

啊哈哈

被妳發現啦！

會是什麼啊？

聽說鬼畜英美終於要登陸了耶。

欸～真的嗎？

因為我有很重要的事情要報告。

今天到此為止，解散。

明天朝會可別遲到！

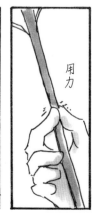

（鳴─）

（鳴─）

空襲
警報！！

各班前往
加馬。

（隆隆）

（２１５）

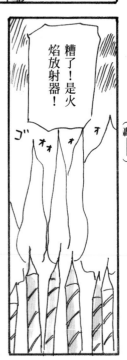

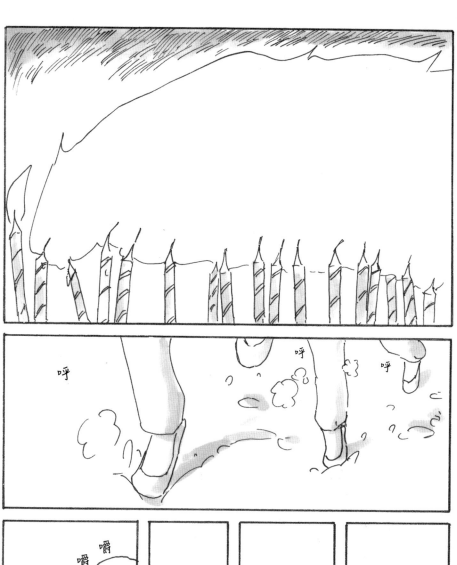

不是，
是巧克力口味
的海綿蛋糕。

用了很多蛋
和奶油……

在吃什麼啊!?

這不是土嗎？

好吃。

嚼

嚼

好吃。

好吃。

好吃。

Happy
Birthday!

Happy
Birthday

生日快樂
——！

生日快樂
——！

小雛，
生日快樂！

我們一面
慶祝——

我一面作著
世界只剩我們兩人的夢，
做為剛剛那幻想的後續。

PaperFilm FC2064

cocoon 繭

cocoon コクーン

沖繩姬百合隊的血色青春

cocoon コクーン

原著作者　今日町子（今日マチ子）
譯　　　者　黃鴻硯
責任編輯　陳雨柔
封面設計　馮議徹
內頁排版　陳瑜安
行銷企畫　陳彩玉、楊凱雯、陳紫晴

發 行 人　涂玉雲
總 經 理　陳逸瑛
編輯總監　劉麗真
出版　臉譜出版
　　　城邦文化事業股份有限公司
　　　台北市民生東路二段141號5樓
　　　電話：886-2-25007696　傳真：886-2-25001952

發　　　行
　　　城邦分公司
　　　英屬蓋曼群島商家庭傳媒股份有限公司
　　　台北市中山區民生東路141號11樓
　　　客服專線：02-25007718；25007719
　　　24小時傳真專線：02-25001990；25001991
　　　服務時間：週一至週五上午 09:30-12:00；
　　　　　　　　下午 13:30-17:00
　　　劃撥帳號：19863813
　　　戶名：書虫股份有限公司
　　　讀者服務信箱：service@readingclub.com.tw
　　　城邦網址：http://www.cite.com.tw

香港發行所
　　　城邦（香港）出版集團有限公司
　　　香港灣仔駱克道193號東超商業中心1F
　　　電話：852-25086231
　　　傳真：852-25789337

馬新發行所
　　　城邦（馬新）出版集團 Cite (M) Sdn Bhd.
　　　41-3, Jalan Radin Anum, Bandar Baru Sri
　　　Petaling,
　　　57000 Kuala Lumpur, Malaysia.
　　　電話：+6 (03) 9056833
　　　傳真：+6 (03) 90576622
　　　讀者服務信箱：services@cite.my

一版一刷　2021年7月
一版二刷　2021年9月
ISBN　978-986-235-989-1
版權所有・翻印必究（Printed in Taiwan）
售價：280元
（本書如有缺頁、破損、倒裝，請寄回更換）